Schreibfeder Kollektiv & Friends

Nachtfrost

Eine kleine Winter-Anthologie

*Auch hier steht **_keine Seitenzahl_**.*

⊕ tredition

Impressum

© 2024 Schreibfeder Kollektiv
Umschlag, Illustration: Nóa Lunara
Lektorat, Korrektorat: Christine Kulgart
Weitere Mitwirkende: Christine Kulgart, Elise Marai, Lisa Smolinski & Nina Grevener

Druck und Distribution im Auftrag der Autorinnen:
tredition GmbH, Halenreie 40-44, 22359 Hamburg, Deutschland

ISBN
Paperback   978-3-384-44698-5
e-Book   ISBN e-Book

Inhaltsverzeichnis

Adventswunder..7

Winterkinder...27

Ein guter Captain...51

Sturm und Wünsche..77

Über die Autorinnen...94

Bereits erschienen:...98

Adventswunder

von Lisa Smolinski

Weihnachtsstimmung zu bekommen bei Matsch statt Schnee, war eine besondere Herausforderung, der er sich gern stellte.

Kurzerhand sprühte er Kunstschnee in die Fenster, die beim Herausschauen eine Illusion von einer Winter-Wunderlandschaft – zumindest bei einem Sehfehler wie seinem – ermöglichten.

Die Kerzen standen parat und die Lichterketten bediente er ganz altmodisch über die kleinen Tippschalter. Das war sein Ritual dieser Tage, wenn er nach Hause kam – egal, ob es noch hell draußen war – alle Lichterketten, Kerzen und andere leuchtende Dinge mussten angeschaltet beziehungsweise angezündet werden.

Ein weiteres Ritual war das Naschen der Lebkuchen. Aber er mochte nur die günstigen

Vollmilchlebkuchen. Früh aß er ein Herz, abends eine Brezel und am Wochenende jeweils früh und abends einen Stern.

Zu Adventssonntagen gönnte er sich außerdem einen Gewürztee, in Kombination mit gebrannten Mandeln. Außerdem buk er Plätzchen, die er dann liebend gern verschenkte. So war auch die Tradition um das Schenken kein großer Stressfaktor mehr. Wer aß denn auch nicht gern Plätzchen?

Er hatte sich gut eingerichtet. Neben den Lichtern, Kerzen, Kunstschnee und Süßigkeiten liebte er seine Adventskalender. Ja, er hatte davon gleich drei. Einen einfachen Schokoladenkalender gab es von der Arbeit, einen Bildchen-Adventskalender von seinem Stromanbieter und einen Buchkalender hatte er sich selbst ausgesucht und gekauft. Vorher hatte er stundenlang eine Kosten-Nutzung-Rechnung über jeden Buchadventskalender, den er finden konnte, aufgestellt. Bei diesem hier hatte er sich sogar gemerkt, welches Buch wann drinnen wäre und wann er Vorlieb nehmen musste mit irgendwelchen Goodies, die er ebenfalls weiter verschenken wollte. Satte 131,39 Euro hatte er bei diesem Kalender gegenüber dem Einzelkauf der Bücher gespart - für Sticker, Stifte und Notizblöcke mit Werbelogo wollte er kein Geld ansetzen. Die ersparte Summe machte ihm zusätzlich Freude beim morgendlichen Öffnen der Türchen. Chris las gerne Romance-Bücher. Er liebte die Romantik. Seit Juliane, beziehungsweise seit ihrem Wegzug. Eine Sehnsucht musste laut Definition das sein, was er dachte und fühlte, wenn er an Juliane dachte. Für Juliane war er einfach Chris. Und bei Juliane war Chris genau das. Er. Ohne Maske. Ohne Verstecken, ohne Anpassen …

Ja, er hatte gelernt, sich die Adventszeit schön zu machen und er genoss die vielen Rituale und dass er mit vielen davon auch gar nicht allein war – so wie sonst.

Alle öffneten ihre Adventskalender, alle schmückten, alle zündeten Kerzen an und schalteten Lichterketten ein. Die meisten genossen es, Plätzchen zu backen und kauften die Lebkuchen, um sie zu essen.

Während er früher dachte, dass der Sommer seine liebste Jahreszeit war, weil er im Sommer Geburtstag hatte, wusste er nun, dass es der Herbst und vor allem der Winter rund um Weihnachten war... Eigentlich war die Weihnachtszeit die schönste 'Jahreszeit'. Er liebte es, wie die bunten Lichter die Dunkelheit erhellten. Er liebte es, dass er sich nicht rechtfertigen musste, wenn er lieber zu Hause blieb – anders als im Sommer. Er liebte es, dass er nicht allein so viel und so gerne las. Andere beschrieben es mit einer gewissen Gemütlichkeit, im Dänischen hieß es *hygge*, für ihn war es Ankommen, weniger aus der

Rolle fallen, mehr dazu gehören. Wie mit Juliane. Aber die war nicht mehr da, also schaffte er sich selbst seine Weihnachtsstimmung und das Gefühl vom Ankommen.

„Ähm, Chris, tauschst du bitte die Lichterkette im Bad aus - da sind zu viele Lampen kaputt", sagte sein Zimmergenosse und Chris erschrak kurz, weil er beim Lebkuchenessen vollkommen abgedriftet war. Und weil Lars so ruhig war. Er liebte, dass Lars so ruhig war. Nun stand er auf und ging ins Bad. Tatsache, 1/16 der Lampen war defekt. Das war wirklich zu viel!

„Okay Lars, ich werde eine neue kaufen", sagte er, während er sich anschickte, das Nötigste für dieses Abenteuer zusammen zu packen.

„Jetzt gleich?", fragte Lars erstaunt.

„Natürlich jetzt gleich – jetzt wo ich es weiß!", empörte sich Chris. Sie lebten seit 167 Tagen zusammen, da hatte er schon erwartet, dass Lars wüsste, was so eine Bemerkung bei ihm auslöste.

Aber eigentlich empörte er sich über sich selbst. Durch die Bücher in seinem Kalender schaute er sich im Bad und überhaupt dem Zimmer kaum mehr um. Er war völlig in die Romantik versunken. Jeden Tag las er ein Neues. Außer, es war wieder nur ein Stift darin.

Die Beleuchtung und Dekoration fiel in Chris' Verantwortungsbereich, vor allem da Lars sich aus Weihnachten anscheinend nichts machte. Lars trauerte wohl seinem Lieblingstag hinterher, der schon wieder fünf Wochen zurücklag, denn er las wieder etwas Gruseliges. Lars war zuständig für Haushaltsartikel, zum Beispiel Spülmittel, Shampoo und das Klopapier. Lars wandte sich wieder seinem Buch zu, er las einen Manga. Da war viel rot auf den Seiten, das wollte Chris lieber nicht genauer wissen. Er war der perfekte Mitbewohner, da Chris von ihm kaum mitbekam, dass er existierte. Und wenn, dann auf wunderschöne, beruhigende Art und Weise.

Zu den dringendsten Dingen für das 'Abenteuer Lichterkette' gehörten neben Busausweis und Geld seine Kopfhörer, sein Telefon und ein paar Kaugummis. Statt Musik gab es weißes Rauschen aufs Ohr, das die Umgebungsgeräusche auf ein kaum mehr wahrnehmbares Minimum beschränkte.

Wann der Bus fuhr, wusste er auswendig, ebenso wie die Anzahl der Stationen zum nahegelegenen Baumarkt. Lichterketten und Dekoration hatte seine Mutter immer im Baumarkt geholt, also machte er das auch so. Wie seine Mutter redete er sich ein, dass die Lichter länger halten würden, obwohl die Lichterkette von vor drei Jahren das Gegenteil bewies. Dieser Gegensatz machte ihn nervös.

Im Bus schaute er aus dem Fenster und sah die Lichter vorbeifliegen. In diesem Jahr war es das erste Mal, dass er diese Strecke in der Dunkelheit fuhr und er verglich die Lichtdekoration entlang der Strecke mit den Vorjahren. Viele hatten alles genauso wie letztes Jahr arrangiert. Das gefiel ihm gut. Und sogar mit den neuen Lichtern konnte er seinen Frieden finden.

Die Busfahrt war wie die Ruhe vor dem Sturm. Nach dem Aussteigen konzentrierte er sich vor allem auf seine Füße, die ihn sicher in den Baumarkt trugen - zum Glück musste er keine Straße überqueren. Auch im Baumarkt schaute er lange auf seine Füße, zählte die Gänge und bog beim richtigen Gang ab. Auf dem Weg dorthin sah er so viele paar Schuhe: braune, schwarze, dreckige, saubere, mit und ohne Schnürsenkel. Der Gang vor ihm war hell erleuchtet und er wusste, dass er seinen Ziel-Gang erreicht hatte. Dann hob er seinen Kopf. Am besten wäre eine Lichterkette, die genauso aussieht, wie die, die ersetzt werden muss. Das heißt, am allerliebsten hätte er nur die defekten Lichter ersetzt, aber sein Vater meinte, dass das ein Zeichen minderwertiger Qualität ist, wenn nach so kurzer Zeit schon so viele Lampen kaputt sind und dann wäre es besser, gleich eine neue zu kaufen. Doch sein Modell fand er nicht. Er wendete den Blick von links nach rechts, von oben nach unten. Erfasste die Preisschilder, Informationen zur Anzahl der Lampen, Länge in Metern und Energieverbrauch aufs Jahr gerechnet. Er hätte gern das ganze Jahr über die Lichterketten hängen, aber vor 153 Tagen hatte Lars ihn soweit, sie bis zur Adventszeit wieder abzunehmen. Jetzt stand er hier und musste sich für eine neue Lichterkette entscheiden.

Trotz dem Wegfall der Geräusche, war das Licht fürchterlich hell und viel zu grell. Er holte eine Sonnenbrille aus der rechten Brusttasche seiner Jacke – in jeder seine Jacken hatte er eine eigene Sonnenbrille versteckt. Mit Sehstärke natürlich. So tauschte er geschickt und routiniert die Brillen aus. Die Sonnenbrille heute war golden. Doch leider traf auch die keine Entscheidung für ihn, ebenso wenig wie der Preis, denn alle Lichterketten kosteten annähernd gleich viel, beziehungsweise waren einige direkt zu billig oder zu teuer. Zumindest die konnte er aussortieren. Auch der angegebene Jahresenergieverbrauch war annähernd gleich. Wer weiß schon, wie lange er da stand, während er gedankliche Pro- und Contra-Listen zu den Lichterketten anfertigte, als ihn eine Berührung an der Schulter zusammenzucken ließ. Chris war überhaupt sehr schreckhaft, besonders wenn er überlegte und das tat er eigentlich immer.

Zwei strahlende, braune Augen sahen ihn an, das Gesicht zart und der Mund zu einem Lächeln verbogen. Sofort schob er sich aufgeregt seine Kopfhörer von den Ohren.

„Hey, Chris. Schön dich zu sehen. Ich wollte dich nicht erschrecken, aber wollte dir auch so gern 'Hallo' sagen - also Hallo!"

Chris war mit seinem Blick von den Augen, über die Nase, den Mund, hin zur Stirn und zurück zu den Augen der Entscheidungsverzögerin gewandert. Es wurde ihm seltsam warm.

„Hallo Juliane", sagte er mit einem für ihn ungewohnten Ton. Juliane ... Erinnerungen von Versprechungen und feuchten Lippen verschleierten seine Gedanken und machten ihn gleichzeitig nervös wie auch ... zufrieden.

„Ich freue mich wirklich dich zu sehen und du sieht echt gut aus. Der Bart steht dir. Siehst jetzt voll männlich aus!", sagte Juliane und puffte ihn in den Arm. Hätte das irgendwer anderes bei ihm gemacht, würde er sich unwohl fühlen und eine Wut aufkommen spüren. Doch bei Juliane spürte er nur Wärme in seinem Gesicht aufsteigen, während er sich an ihren Geruch erinnerte und feststellte, dass der sich nicht verändert hatte.

„Danke. Du siehst auch gut aus. Den Bart habe ich wegen dir. Du hattest ja gesagt, dass Männer mit Bart reif wirken und das gut ankommen würde", sprach Chris und blickte Juliane links an ihrem rechten Auge vorbei.

„Wow. Danke dir.", sagte sie und auch ihr Gesicht wurde nun besser durchblutet, was Chris an der Gesichtsfarbe erkennen konnte.

„Chris... Oh Mann, wir hatten echt eine Menge Spaß.", sagte sie und strich sich elegant eine Haarsträhne hinter das perfekt geformte Ohr.

„Ja...", stammelte Chris. Eigentlich wollte er hier in der Öffentlichkeit nicht an diese Art Spaß denken, doch dafür war es zu spät. Dieser Spaß war bisher der einzige Spaß in diese Richtung. Und seit damals wollte er diese Art Spaß nur mit ihr. Bis sie weggezogen war.

„Chris, glaubst du an Zufälle?", fragte sie, während sie ihre Hand nach seiner ausstreckte.

„Eigentlich glaube ich an Wahrscheinlichkeiten, aber Mutter sagte, dass ich auch an Schicksal glauben sollte für ein glückliches Leben", antwortete er. Normalerweise würde ihn so eine Frage nervös machen, aber nicht bei Juliane.

„Deine Mutter ist eine kluge Frau.", sagte Juliane und machte einen weiteren Schritt auf ihn zu.

Feuchte Lippen wünschte sich Chris, während er im Hintergrund an Lichterketten dachte. Juliane sah zu ihm und suchte seinen Blickkontakt. Sie nickte ihm zu und er nickte zurück, also trat sie noch einen winzigen Schritt auf ihn zu und dann. Lippen! Ihre Lippen, nicht feucht, aber weich, auf seinen. Er schloss die Augen und hielt den Atem an. Ein perfekter Gang, der mit den Lichterketten.

„Danke", sagte sie, als der Kuss vorbei war. Chris blieb stumm. Juliane schaffte es, dass er gar nichts mehr dachte, sondern mehr fühlte. Er fühlte Glück.

„Wo wohnst du, Chris? Ich würde dich gerne mal besuchen?", fragte sie.

„Im Internat bei der Berufsschule. Also zumindest noch bis nach Weihnachten", sagte er und schaute auf ihre roten Lippen.

„Wunderbar. Darf ich morgen halb sieben vorbeikommen? Ich bringe auch was zum Essen mit. Du magst doch noch so gern gebratene Nudeln, oder?" Juliane hielt immer noch seine Hand.

„Ja und ja", sagte Chris nur. Weiche Lippen, dachte er, und Glück und dass Mutter Recht hatte mit dem Schicksal. Und irgendwas mit Lichtern.

„Du bist so süß. Ich muss jetzt los, aber ich freue mich auf morgen", sagte sie und da waren ihre weichen Lippen noch einmal. Sie wandte sich zum Gehen und Chris drehte sich zum Regal mit den Lichterketten, aber hatte seine ganze Pro- und Contra-Liste vergessen. Aber für Ärger war kein Platz.

„Nimm die hier, dann weiß ich auch sicher, wohin ich muss", sagte Juliane und drückte ihm eine Lichterkette in die Hand mit roten und rosa Herzen im Wechselspiel.

„Danke", stammelte er.

„Bis morgen!", fügte er hinzu und schaute noch verdutzt auf seine Hand, in der sich eine Lichterkette befand, die ganz besonders war.

„Bis morgen, Chris!", sagte sie fröhlich und verschwand.

Während Juliane viel zu schnell verschwunden war, blieben Bilder an rote Lippen, das Gefühl von weichen Lippen und der Geruch von Glück zurück. Mit der Lichterkette auf dem Arm und ganz ohne Kopfhörer auf den Ohren, lief er zur Kasse. Er bezahlte. Er lächelte. Er lief zur Bushaltestelle. Er vergaß die Straßenseite zu wechseln, doch er lächelte. Er stieg aus, es nieselte, der nächste Bus ließ auf sich warten. Er lächelte. Irgendwann und irgendwie war er wieder bei Lars und in ihrem Zimmer angekommen. Diesen Autopiloten hätte Chris gern öfter in seinem Leben erlebt, aber es gelang ihm nur selten. Mit Juliane klappte es, diesen mühelosen Zustand zu erreichen. Nicht von fremden Gesichtern, Gerüchen, zu vielen Eindrücken überrannt zu werden. Juliane.

„Das hat ja ziemlich gedauert", stellte Lars fest.

„Ja", sagte Chris.

„Und bist du fündig geworden?"

„Ja", sagte Chris. Er lächelte. Doch Lars hatte die Augen noch auf sein Buch gerichtet.

„Und wie viel hat sie gekostet? Ich gebe dir Hälfte dann morgen." Lars bezahlte seine Schulden immer schnell.

„Ich weiß es nicht", stellte Chris fest.

Jetzt sah Lars vom Buch auf.

„Du bist ja vollkommen durchgeweicht. Alles gut bei dir?", fragte Lars, während er Handtücher und eine Decke holte.

„Juliane...", sagte Chris. Und er lächelte, dachte an Spaß und weiche Lippen.

„Morgen, 18 Uhr 30", ergänzte er.

Lars sagte nichts. In seinen 167 Tagen mit Chris war Juliane ab und an Thema gewesen. Und die vielen Bücher voller klischeebehafteter Liebesgeschichten zeugten von einer Sehnsucht, die Chris zwar niemals in Worte gefasst, aber die immer im Raum gestanden hatte.

„Ich nehme an, dass ich mich dann in der Bibliothek einmiete. Ich freue mich für dich", sagte Lars ruhig.

Chris überlegte.

„Nein. Du bleibst hier. Du bist Familie. Ich möchte, dass du Juliane kennenlernst", sagte Chris entschieden.

Lars wickelte Chris in ein großes Handtuch und als er fertig war und Chris' Hände an seinen Körper gewickelt waren, drückte Lars ihn. Lars wusste, dass Chris Berührungen nicht mochte. Aber er musste das, was er fühlte, ausdrücken. Er musste Chris drücken.

Obwohl sie hier erst seit 167 Tagen zusammenwohnten und wenige Worte miteinander wechselten, war Lars Familie.

Lars, der selbst keine Familie mehr hatte und keine Freunde, war tief bewegt. Lars, der heute einen traurigen und hochdramatischen Manga gelesen hatte und dabei nicht zum ersten Mal auf die Idee kam, dass sein Fehlen niemals jemanden auffallen würde…

Lars, der recherchiert hatte nach sauberen, schnellen Wegen einem bedeutungslosen Leben ein Ende zu bereiten...

Ja, dieser Lars - er hatte plötzlich nicht nur einen Mitbewohner, nicht nur einen Freund, er hatte sogar Familie.

Während Chris also dachte, dass Juliane das Adventswunder war und hoffte, dass seine romantischen Träume tatsächlich wahr werden könnten, ahnte er von dem eigentlichen Wunder wenig.

Von dem Wunder des Lebens oder der Entscheidung, am Leben bleiben zu wollen. Von dem Wunder von Freundschaft, Familie, nicht allein zu sein. Gemeinsam besonders zu sein.

Dass Lars hier, in diesem Internat, so viel mehr gefunden hatte als eine Ausbildung, die er das erste Mal nach drei Versuchen auch tatsächlich durchzuziehen schien, dass er neben einem Zimmer auch einen Mitbewohner fand, dass dieser nicht nur ein Freund, sondern sogar Familie war, war ein Wunder…

Chris wusste jetzt und hier nichts davon, aber spürte etwas. Er schüttelte das Handtuch ab.

„Entschuldige", sagte Lars und nahm eilig die Hände von Chris' Rücken.

„Familie.", wiederholte Chris und umarmte Lars unbeholfen.

„Familie", murmelte Lars und lehnte seinen Kopf auf Chris' Schulter.

Winterkinder

von Elise Marai

Als Emma Monroe im Januar 1855 in Soho, London das Licht der Welt erblickte, war ihre Familie bereits tot. Dahin gerafft von der Cholera, die sich im letzten August geradezu flutartig im Viertel verbreitet hatte. In einer wahrlich bitteren Wendung des Schicksals hatten nur die schwangere Clara Monroe und ihre ungeborene Tochter den September überlebt. Die Großeltern, der Vater, die fünf älteren Geschwister ... Alle hinfort. Und Clara hatten sie mit sich genommen, auf gewisse Weise. Die einst lebensfrohe, fürsorgliche Mutter war nach diesem Ereignis nie mehr dieselbe. Sie empfand keine Freude, als Emma geboren wurde. Keine Zuneigung, keine Erleichterung, als das Baby zum ersten Mal schrie. In ihrem Herzen war nur Leere. Ein Teil von Clara hatte gehofft, in dieser Nacht mit ihrer Familie im Himmel wieder vereint zu werden, aber ein anderer hatte von Anfang an gewusst, dass sie diese letzte Geburt überstehen würde. Zu sterben, das schien ihr nicht vergönnt zu sein. Ebenso wenig, wie ihren Lebenswillen wiederzufinden.

Nach dem Tod ihres letzten Sohnes hatte Clara fluchtartig das alte Stadthaus, durch das einst Tag ein, Tag aus kindliches Gelächter und Freudenschreie geschallt waren, verlassen, als wäre es vom Teufel selbst in Beschlag genommen worden. Nun fristete sie ihr Dasein in einem hohen Haus mitten in der Stadt, das über einer Schneiderei, die ihr keine Arbeit hatte bieten können, gebaut worden war. Sie lag noch auf dem Boden des gemeinsam genutzten Waschraumes in einer Lache aus Blut und Fruchtwasser, das schreiende Neugeborene noch immer zwischen ihren nackten Beinen und die glasigen Augen starr an die Decke geheftet, von der schon der Putz abbröckelte, als zwei der anderen Frauen, mit denen sie diese Unterkunft hier teilte, sie fanden. Die jüngere von ihnen, ein dürres Mädchen mit matten Augen und mausbraunem Haar, schlug erschrocken die Hände vor dem Gesicht zusammen und war ganz außer sich, während die ältere der beiden – eine stämmige Frau mit einem großen Leberfleck am Kinn – sofort an Claras Seite eilte, um Mutter und Tochter behilflich zu sein.

Clara wurde in eine sitzende Position gezogen. Man half ihr beim Waschen und Anziehen. Redete ihr gut zu. Die jüngere Frau wiegte Emma in ihren Armen; versuchte, das Baby zu beruhigen. Die Ältere gab Clara etwas zu trinken. Sie verließen den Waschraum und Clara wurde auf einen harten, morschen Holzstuhl gesetzt. Dann drückte man Emma in ihre Arme. „Keine Sorge", sagte die ältere Frau, die Claras leeren Blick offenbar vollkommen falsch deutete. „Sie ist zu früh gekommen, aber das macht sie zu einem Winterkind. Die Stärksten von allen. Überlebt sie diese erste kalte Jahreszeit, wird sie alles überstehen, was das Leben für sie bereithält, ob gut oder schlecht. Winterkinder sind unglaublich resilient." Und daran hatte Clara keinen Zweifel.

Die alte Näherin sollte Recht behalten. Emma Monroe schaffte es durch ihren ersten Winter. Die Kälte nagte an ihr und sie war in diesen ersten Monaten öfter krank als gesund. Auch die Mangelernährung und Schwäche ihrer Mutter, die das Baby jeden Tag mit zu ihrer Arbeit im Waschhaus trug und sich nur um sie kümmerte, wenn das Geschrei bei den anderen Wäscherinnen für Unmut sorgte, waren ihr nicht zuträglich. Ein paar Mal stieg ihr Fieber so hoch, dass Clara schon überlegte, wo sie Emma am nächsten Morgen begraben könnte. Doch wenn sie nach einer weiteren kurzen Nacht wieder in ihrem eigentlichen Albtraum, dem echten Leben, erwachte, dann war die Kleine stets auf eine beinahe normale Temperatur heruntergekühlt und schrie sich die Lungen aus dem winzigen Leib. Ein Zeichen, dass das Leben abermals gesiegt hatte, denn nur, wenn Emma sich schon beinahe auf der Schwelle zur anderen Seite befand, wurde sie wirklich still.

Der Frühling kam und mit ihm ein Anflug von warmen Gefühlen. Clara Monroe wusste, sie würde nie wieder glücklich sein. Nie wieder ganz sein. Nicht nach einem so tiefschürfenden Verlust. Tröstende Worte von wohlgesinnten Freunden und Fremden waren ihr ebenso nutzlos wie Gebete und religiöse Rituale. Emma war die einzige Ausnahme. Das einzige in ihrem tristen Leben, das sich wahrhaftig anfühlte. Ein blasses, kleines Ding mit eisblauen Augen und stets kalten Händen, aber wenn sie lachte, dann ging irgendwo hinter den dicken Unwetterwolken in Claras geplagtem Kopf die Sonne auf. Das Mädchen konnte die

Leere in ihrem Herzen nicht füllen, den Verlust nicht aufwiegen und ihr den Schmerz nicht nehmen, aber sie konnte sich ihren Weg in dieses Herz bahnen und neben der Leere existieren. Es gab nicht mehr nur Trauer in Claras Leben. Es gab Trauer und Emma.

Emma, das Winterkind. Emma, die in ihrem zweiten Januar schon auf beiden Beinen stand und sich auf dem Weg nach Hause von der Fabrik, in der Clara nun arbeitete, in den Armen ihrer Mutter wandte, und wild umherblickend mit ihren kleinen, dürren Fingerchen auf die fallenden weißen Flocken zeigte und „Nee! Nee! Nee!" rief.

Emma war stark und sie war resilient. Mit vier Jahren hatte Clara sie so weit, dass sie jeden Morgen und jeden Abend die Schlafplätze herrichtete und die Bettpfannen leerte. Mit sechs war sie in der Lage, sich um die Wäsche zu kümmern, das Essen für den Tag zu organisieren und für den Verzehr vorzubereiten, und mit acht

Jahren begann sie, Schichten für ihre Mutter in der Fabrik zu übernehmen, wenn diese es nach einer langen Nacht, die sie für ein wenig zusätzlichen Verdienst mit mehr als einem ungnädigen Freier verbracht hatte, am nächsten Morgen nicht aus dem Bett schaffte. Den Aufsehern versicherte sie, sie sei schon neun. Alt genug, um sich am Erwerb der Familie zu beteiligen, auch nach den neuen Gesetzen.

Sie wusste, dass es einst ein anderes Leben gegeben hatte. Eines mit einem Vater und mit fünf älteren Geschwistern. Mit einer Mutter, deren Augen gefunkelt hatten, deren Wangen nicht eingefallen waren und deren Atem nicht nach Gin und Bier roch. Emma verstand, was diese Erzählungen bedeuten, und auch, dass sie eine Wahrheit beinhalteten, die die Märchen von bösen Wölfen und hilflosen Prinzessinnen nicht teilten. Aber die Vergangenheit war nicht greifbar für sie. Es gab nur das Hier und Jetzt. Einen Tag nach dem anderen. Vor allem, wenn diese kürzer wurden und die Nächte früher hereinbrachen, nur um der Morgendämmerung zu weichen, wenn sie schon längst wieder in der Fabrik war.

In Emmas zehntem Januar verlor ihre Mutter auch diese Arbeit und danach wollte sie niemand mehr beschäftigen. Trotz der Freier wurde das Geld bald knapper denn je. Bier und Gin waren teurer als Brot und Milch. Zumeist ging Emma hungrig zu Bett und wenn draußen wieder die weißen Flocken tanzten, fror sie bitterlich und wünschte sich den Sommer herbei. Zumeist wurde ihr stummes Sehnen von nichts als dem auffrischenden Wind beantwortet, der ihr einen weiteren Schauer den Rücken hinunter jagte.

So manches Mal, wenn sie von der Fabrik kam, war ihre Mutter verstimmt und schrie sie an, wie es denn sein könnte, dass sie nur so wenig Geld mit nach Hause brachte. Erst nachdem sie Emma das erste Mal beschuldigte, etwas davon für sich abzuzwacken und auszugeben, bevor sie nach Hause kam, anstatt es sofort bei ihrer Mutter abzuliefern, wie sie sollte, begann sie, dies auch tatsächlich zu tun. Die paar Ohrfeigen waren es wert, an einigen Tagen ohne einen knurrenden Magen zu Bett gehen zu können. Schon bald spürte Emma sie kaum mehr.

An anderen Tagen war ihre Mutter untröstlich. Sie verstand nicht, wie es sein konnte, dass Emma, nun, da sie zu einer jungen Frau heranwuchs, so wenig Achtung für sie übrig hatte und sie nicht zu schätzen   schien. „Nach allem, was ich für dich getan habe!", war ein Satz, den sie dieser Zeiten öfter hörte.

Am schlimmsten aber waren die Tage, an denen es Unfälle gegeben hatte. An denen Emma Urin oder Erbrochenes aufwischen musste, sowie die alte Näherin Miss Hallsmith und die junge Frau, mit der sie sich hier vor über zehn Jahren ein Zimmer geteilt hatten, einst das Blut und das

Fruchtwasser, mit dem Emma zur Welt gekommen war, vom Boden des Waschraumes geschrubbt hatten. Es war ein schleichender Prozess, doch in diesen Jahren passierte es, dass sich die Karten endgültig wendeten und Emma, die Clara einst eine Bürde gewesen war, ihre Mutter nun als untragbare Last empfand. Jedes Mal, wenn sie ihr gegenüberstand, hatte sie das Gefühl, als hätte man sie mit einem dicken Seil gefesselt, das sich immer enger zusammen schnürte.

Vielleicht war es mit elf Jahren, vielleicht auch mit zwölf Jahren, dass sie das erste Mal in einem eisigen Winter nachts wach lag, dem Rauschen des Windes und seinem Rascheln in den Zweigen der großen Buche am Ende der Straße lauschte und sich dachte, dass ohne ihre Mutter doch alles so viel einfacher wäre. Welch eine Bürde sie doch los wäre. Welch ein Gewicht von ihren Schultern fallen würde. Wie viel einfacher sie es hätte, wenn sie das Geld aus der Fabrik nicht auf zwei aufteilen müsste. Wenn sie es behalten und nur für Brot und Äpfel ausgeben könnte. Vielleicht könnte sie sich zu den Festtagen dann sogar etwas Käse oder gar ein Stück Fleisch leisten.

Emma Monroe hatte keine großen Träume. Sie war eine zwölfjährige Textilfabrikarbeiterin, die kalte Tage, ungnädigen Hunger und lange Krankheiten fürchtete. Die gerne auf dem Land gelebt hätte, weit ab vom Dreck und dem regen Treiben Sohos, und die hin und wieder gerne einen kürzeren Arbeitstag hätte, um ihren verhornten Füßen und Händen ein wenig Pause, die über ihren oft unruhigen und von den Problemen ihrer Mutter unterbrochenen Schlaf hinaus ging, gegönnt hätte. Sie träumte nicht von Reichtümern und schönen Kleidern. Nicht von reichen Gemahlen und großen Schlössern und noch nicht einmal von Respekt und Gleichberechtigung. Ein kleines bisschen mehr

Leben und ein kleines bisschen weniger Überleben waren alles, wonach sie sich sehnte.

Doch das schien ihr nicht vergönnt zu sein. Sie war ein Winterkind und sie war stark und resilient, und egal, was das Leben ihr auch entgegenwarf, sie hielt sich aufrecht und machte weiter, Tag für Tag, obwohl das Schicksal nichts als schlechte Wendungen für sie bereitzuhalten schien. Als sie sich mit dreizehn Jahren in der Textilfabrik das Handgelenk brach, stabilisierte sie die Hand notdürftig mit einem ausgestopften Handschuh und arbeitete weiter. Über die Wochen und Monate wuchsen die Knochen schmerzlich schief zusammen, aber Emma zwang die kaputte Hand, ihre Tätigkeit weiter so zu verrichten, als wäre nichts geschehen. Als sie mit vierzehn Jahren nach einem langen Arbeitstag auf dem Heimweg von einer Gruppe halbstarker Burschen abgegriffen, überfallen und blutend in einer Gasse zurückgelassen wurde, erhob sie sich, sobald ihre

Beine sie wieder tragen wollten, zog ihre Röcke hoch, richtete ihre zerzausten blonden Haare so gut sie konnte, und setzte ihren Weg fort, gegen kaputte Hauswände und verlassene Marktstände gelehnt, bis sie endlich in ihr Bett fiel. Mit der Zeit wurden sogar die Albträume weniger.

Als Emma fünfzehn wurde, begannen die Augen ihrer Mutter auf eine andere Art glasig zu schimmern, und bald schon quollen ihre Finger und Beine regelmäßig auf und ihre Haut nahm einen eigenartig gelblichen Unterton an. Die Freier waren nun Vergangenheit. Clara Monroe verließ kaum mehr das Haus. Sie fragte immer seltener nach Essen, bloß noch nach dem Gin, und bald schon hörte Emma auf, das Brot mit ihr zu teilen.

Eines Abends kam sie von der Textilfabrik nach Hause und ihre Mutter lag auf dem Boden neben ihrem Schlafplatz, den Blick aus tiefen Augenhöhlen starr in Richtung Decke gerichtet. Auf den Tälern ihrer Wangen hatten sich Spuren getrockneter Tränen gesammelt und die Luft im Zimmer hatte einen eigenartig druckend süßlichen Geruch nach Schweiß und Verwesung und noch etwas anderem, das Emma nicht ganz deuten konnte, angenommen. Ihr drehte sich der Magen um, und als sie zum Fenster eilte und es öffnete, war ihr sogar der beißende Gestank der Themse, deren Geruch mal wieder hierher wehte, eine willkommene Abwechslung. Die Nachtluft war bitterkalt und Emma vermutete, dass der Himmel unter den dicken grauen Wolken, die die Fabriken produzierten, sternenklar sein musste, denn das hatte sie von den Arbeiterinnen gelernt, die vom Land gekommen waren. In den eiskalten Nächten, die einem beinahe das Blut in den Adern gefrieren lassen, ist die Sicht in den Himmel oft am besten.

Etwas Warmes berührte Emmas Fußknöchel, während sie so am Fenster stand und auf Soho hinunterblickte. Als sie sich herumdrehte, sah sie die aufgequollene, gelbe und beinahe unmenschlich wirkende Hand ihrer Mutter, die sich schwächlich nach ihr ausstreckte. „Emma", flüsterte sie. Emma sah auf sie hinunter, aber rührte sich nicht vom Fleck. „Meine Emma. Mein Winterkind. Es ... es tut mir leid." Noch immer stand sie wie angewurzelt da. „Bitte, komm ... bitte ... herunter zu mir ... Nur ein letztes Mal. Meine Hand, bitte ... Emma. Emma, ich habe dich immer geliebt."

An diesem Abend unternahm Emma einen außerplanmäßigen Ausflug zum Fluss. Die Themse war in diesem Jahr bereits zugefroren, als sich die ersten Blätter rot verfärbt hatten, und lag noch immer unter einer Eisschicht. Aber der Frühling kam und Emma ahnte, dass dies die letzte wirklich kalte Nacht des Jahres war. Vor einer Woche hatte sie draußen auf dem Markt schon nicht mehr gefröstelt und am Fuße der großen Buche am Ende der Straße streckten bereits die ersten Schneeglöckchen und Winterlinge ihre

Köpfchen aus der Erde. Die Themse war zugefroren, ja, aber das Eis konnte kaum mehr bis zum Grund reichen und eine kalte Nacht war bei Weitem nicht genug, um Wochen des Tauens rückgängig zu machen. Emma war sich ihrer Sache sicher.

Vor einigen Jahren hatte es einen Diebstahl in der Textilfabrik gegeben und sie hatte am nächsten Tag genau beobachtet, wie die Offiziere die Arbeiterinnen befragt, sich umgesehen und Spuren gesichert hatten. Es war ihr gelungen, nachzuvollziehen, wie die Diebe in die Fabrik gelangt waren. Ihr, die dort jeden Winkel kannte, weil sie an diesem Ort den Großteil ihres Lebens verbracht hatte, fiel es im Schutze dieser kalten Nacht noch leichter, sich Zugang zu verschaffen und etwas Kleidung, gefertigt für einen Knaben, nicht für ein junges Fräulein, an sich zu bringen. Herren wurden schlichtweg weniger in Frage gestellt. Niemand rümpfte die Nase oder zuckte auch nur mit der Wimper, wenn sie nachts allein unterwegs waren. Und Emma wollte unbehelligt bleiben. Sie wusste, dass in der Gasse hinter dem Haus ein Holzwagen stand, der von den Bewohnern oft zum Transport von Lebensmitteln genutzt wurde, und sie zog ihn mit sich durch die Gassen Sohos, während zum letzten Mal in diesem Jahr der Schnee vom Himmel rieselte.

Als sie und ihr hölzernes Gefährt den Fluss erreichten, verfärbte sich der Himmel im Osten schon tief dunkelblau. Emma machte kurzen Prozess und hob den aufgedunsen Leichnam Clara Monroes, den sie vorhin eilig in eine Decke gewickelt hatte, aus dem Wagen und über die Balustrade, um ihn in den Fluss fallen zu lassen. Sie hätte sich an die Kirche oder eine wohltätige Organisation wenden können, um eine ordentliche Beisetzung zu arrangieren oder den Körper gar der Wissenschaft spenden können, aber sie sah keinen Sinn darin, sich mit dieser Sache nur einen

Augenblick länger als zwingend erforderlich auseinanderzusetzen. Es war vorbei. Schlicht und ergreifend. Hier und jetzt. Als die Leiche unten aufprallte, barst das Eis genau wie die leere Gin-Flasche, die ihre Mutter an einem besonders zornigen Abend einst nach Emma geworfen hatte, in tausend bleiche Scherben. Bis die Sonne aufging, blieb Emma am Ufer stehen und versuchte durch ihren eigenen Atem, der in warmen Wolken aus ihren spröden Lippen hervordrang, auf den Grund des Flusses zu sehen. Dann nahm sie den Wagen, stellte ihn in der Gasse ab und ging ins Haus zurück, wo sie ihre sieben Sachen packte. Der beißend süßliche Geruch menschlicher Verwesung hing noch immer im Zimmer und Emma hatte kein Interesse daran, sich hier noch länger als nötig aufzuhalten. Als sie in ihrer Hast die Waschküche passierte, ohne sich richtig umzusehen, stieß sie mit der alten Näherin Miss Hallsmith zusammen, die sie einst auf dem Boden ebendieses Raumes gefunden hatte, schreiend, hilflos und splitterfasernackt. Die alte Frau hatte seither gravierend an Augenlicht eingebüßt und ihr Rücken hatte sich zu einem grausigen, knochigen Buckel verformt, der es ihr unmöglich machte, sich je wieder nach irgendetwas oder irgendjemandem am Boden zu bücken. Der Zusammenstoß mit Emma hatte sie jedoch aus dem Gleichgewicht gebracht und die Wäsche war aus ihrem Korb gefallen und hatte sich überall im Gang verteilt. „Ich bitte vielmals um Verzeihung", beeilte Emma sich zu sagen, und schon war sie selbst auf ihren Knien und klaubte die Wäsche zusammen.

„Emma", stellte die alte Näherin fest. Ihre Stimme war ruhig und fest. Trotzdem jagte der Klang ihres eigenen Namens Emma einen unangenehm kalten Schauer den Rücken herunter. Zu frisch war die Erinnerung, wie kläglich und bettelnd ihre sterbende Mutter diese zwei Silbe gefleht hatte – immer und immer wieder. *Emma, Emma, Emma. Emma, es tut mir leid. Emma, ich habe dich immer geliebt. Emma, bitte. Emma, nur ein letztes Mal.*

Emma, mein Winterkind. Emma.

„Es tut mir wirklich sehr leid, Miss Hallsmith", entschuldigte Emma sich abermals bei der alten Frau. „Ich habe nicht darauf geachtet, in wessen Weg mich meine Füße tragen."

„Und wohin warst du denn nun so eilig unterwegs?", fragte die alte Näherin mit mildem Interesse. Emma hätte lügen können. Zur Arbeit hätte sie sagen können. In die Textilfabrik natürlich. Oder auf den Markt, sich etwas zu essen besorgen. Es hätte genug gute Antworten gegeben. Nur sah sie keinen Sinn darin, der alten Dame etwas anderes als die Wahrheit vorzuhalten.

„Weg", sagte sie schlicht.

„Und deine Mutter?"

„Die auch."

„Dann hat sie es endlich geschafft", seufzte die Näherin mit einem wissenden Nicken.

„Ich habe es endlich geschafft", erwiderte Emma. In ihrer Stimme lag keine Spur von Mitleid für die Frau, die sie geboren und durch ihren allerersten

Winter gebracht hatte.

„Ich hoffe, du findest, wonach du suchst, mein Kind", war alles, was die alte Näherin ihr antwortete, bevor sie Emma passieren ließ. „Einen schönen Tag noch, Miss Hallsmith."

Aus fast blinden Augen sah Elizabeth Hallsmith Emma Monroe nach, wie sie am Morgen des 19. März 1870 die Wendeltreppe nach unten nahm, in wärmende Kleidung gewickelt und mit einem kleinen Bündel über ihren knochigen Schultern, und sie wusste, dass ihr Weg den des Mädchens zum allerletzten Mal gekreuzt hatte. Das Neugeborene, das sie hier einst aufgelesen hatte, würde nie an diesen Ort zurückkehren und Elizabeth war nun zu alt und kraftlos, um ihn je wieder zu verlassen. Doch selbst als die Eingangstür zuschlug, hatte sie das Gefühl, Emmas eisige Finger noch auf der Haut spüren zu können, von dem einen kurzen Moment, da ihre Hände sich gestreift hatten, als das Mädchen ihr die Wäsche zurück in den Korb gelegt hatte. Selbst ihr Atem war kalt gewesen. Sie musste die ganze Nacht draußen gewesen sein. Und Elizabeth glaube genau zu wissen, warum. Sie war sich nicht sicher, wie Emma es angestellt hatte, aber sie wusste, dass sie auch die Mutter des Mädchens nie wiedersehen würde. Wenn sie in der letzten Nacht das Zeitliche gesegnet hatte und endlich von ihren Qualen erlöst worden war, dann wäre ihr Körper jetzt nirgendwo mehr zu finden. Wie üblich hatte Emma kurzen Prozess mit einem Problem gemacht und war nun dabei, einfach weiter voranzuschreiten. Weiter zu überleben. Egal, was passierte. Winterkinder, dachte Elizabeth Hallsmith. Ihre Mutter, die selbst Hebamme gewesen war, hatte ihr diese Volksweisheit einst mit auf den Weg gegeben. Wer in die kalte Jahreszeit hineingeboren wurde und es bis zum Erblühen der Bäume schaffte, den konnte im restlichen Leben nichts mehr erschüttern. So wirklich hatte sie nie daran geglaubt, war sie doch oft genug Zeugin des Gegenteils geworden. Ihr eigener Sohn hatte seinen ersten Winter mit Bravour gemeistert, nur im Knabenalter dann doch von einem eigenartigen Geschwür befallen und schließlich gnadenlos dahin gerafft zu werden. In Emmas Fall aber schien die Legende zuzutreffen. Sie war stark. Und sie war resilient. Und – dessen war sich Elizabeth gewiss, obwohl sie nicht einmal wusste, dass Emma, die von ihrer Mutter um einen letzten wärmenden Händedruck am Sterbebett angefleht worden war, ihr stattdessen ein Kissen ins Gesicht gedrückt hatte, bis ihr Atem versiegte – ihr Herz war kalt wie Eis. Kalt wie die Januarnacht, in der sie das erste Mal die Dunkelheit der Welt erblickt hatte. Und wonach auch immer sie suchte, in der großen, weiten Welt dort draußen gab es nichts, das Wärme in ihr Leben bringen könnte. Sie war zu stark und zu resilient, um jemals auch nur den kleinsten Funken davon an sich heranzulassen.

Ein guter Captain

von Nina Grevener

„Aber Captain! Die Mannschaft ist müde. Wir haben seit Tagen keinen Port mehr angesteuert und es ist bald Weihnachten!" Bei der letzten Bemerkung zog Kapitänin Aurelia eine Augenbraue hoch: „Ich wusste nicht, dass der Mannschaft so viel an Weihnachten liegt. Als sie sich für die Mission gemeldet hat, hat keiner auch nur ein Wort über Weihnachten verloren. Dabei sollte doch allen von vornherein klar gewesen sein, dass wir länger auf See sein würden." Rolaf, der Navigator und Dienstältester an Bord, knetete die Mütze in seiner Hand, während er vorsichtig weitersprach. Ihm war das Knurren in Aurelias Stimme aufgefallen. Ein Vorbote für die Wut, die Folgen konnte: „Naja, wir wussten, dass es lange dauern würd', aber um ehrlich zu sein, hatten wir gehofft, dass wir inzwischen wenigstens mal so viel wie 'nen Mast des Schiffs gesehen hätten."

Der Navigator sah, wie sich der Blick seiner Kapitänin verfinsterte. Trotzdem sprach er weiter, immerhin war er der Einzige, der sich überhaupt noch traute, ein Wort der Kritik an die Kapitänin zu richten: „Und da wir keine Spur haben, dachten wir, es würde doch eigentlich keinen Unterschied machen, wenn wir zumindest über Weihnachten irgendwo ankern und danach dann nochmal gestärkt von neuem beginnen würden." Ein böses Funkeln war in den Augen der Kapitänin zu sehen. Unwillkürlich duckte sich der alte Mann ein wenig zurück in Erwartung der Tirade, die seine Kapitänin nun losließ: „Die Mannschaft hat einen Vertrag unterschrieben! Sie bekommen Essen, Rum und einen kleinen Lohn. Und das, *obwohl* wir unser Ziel noch nicht gesichtet haben. Meinst du nicht auch, es ist an der Zeit, dass sie für diese netten Annehmlichkeiten endlich Ergebnisse erzielen?!" Die junge Kapitänin unterbrach sich, atmete tief ein und fuhr dann wieder etwas beherrschter, aber nicht weniger wütend fort: „Wir können natürlich über die Weihnachtstage an Land gehen, aber dann muss ich den Vertrag leider als nicht erfüllt ansehen. Also bleibt das Geld aus, dass sie bei Erfüllung der Vereinbarung bekommen hätten. Frag die Mannschaft, ob sie das wirklich möchten."

„Natürlich nicht, Captain." Rolaf kannte Aurelia lange genug, um zu wissen, dass ein weiteres Gespräch keinen Sinn hatte. Sie würden weiter nach der *Floating Liberty* suchen müssen. Das würde der Mannschaft nicht schmecken, aber Rolaf wusste, dass die Männer und Frauen auf das Geld angewiesen waren und das Geld war nun mal in Aurelias Hand. Der alte Navigator nickte zum Abschied und verließ Aurelias Kajüte. An Deck schauten ihm die Anderen erwartungsvoll entgegen. Als er den Kopf schüttelte, ging ein

Stöhnen durch die Mannschaft. Der ein oder andere fluchte leise. Trotzdem begehrte keine auf. Alle gingen ergeben zurück an ihre Arbeit.

Wie lange das wohl noch gut geht? fragte sich Rolaf nicht zum ersten Mal, seit er unter Aurelia segelte. Auch wenn sie es nicht hören wollte: Die junge Kapitänin war genauso aufbrausend und stur wie ihr Vater.

***

In ihrer Kajüte bereute Aurelia, dass sie so reagiert hatte, und doch konnte und wollte sie nicht an Land gehen. Rolaf hatte recht, sie waren schon seit Monaten unterwegs und sie hatten nichts vorzuweisen. Das wurmte Aurelia und hielt sie seit Wochen nachts wach. Verärgert über sich selbst ging sie zum kleinen Schrank hinüber, nahm den Scotch und ein Glas heraus und schenkte sich einen großen Schluck ein. Sie nahm einen großen Schluck des Whiskys, der ihr sofort den Magen wärmte.

Als sie sich wieder zum Schreibtisch umdrehte, sah sie *ihn* dort sitzen. Das Haar grau, die Füße auf dem Tisch gekreuzt, ebenfalls ein Glas Whisky in der Hand. Er prostete ihr zu mit diesem spottenden Blick, der ihr sagen sollte „Du hast nicht das Zeug zur Kapitänin!" Nie hatte er sie ernst genommen. Nie hatte er ihr etwas zugetraut. Und sie hatte es trotzdem zur Kapitänin ihres eigenen Schiffs gebracht.

Naja, zur Kapitänin *seines* alten Schiffs. Jetzt sah sie ihn, wann immer sie an sich selbst zweifelte. Wieder und wieder erschien er hinter seinem alten, dunklen, klobigen Schreibtisch, den sie schon lange hatte loswerden wollen, und doch hatte sie es nie über sich gebracht. Am Ende war es ja doch egal an welchem Schreibtisch sie saß. Auch wenn sie auf die Geister der Vergangenheit gerne verzichten konnte.

Aurelia schüttelte ihren Kopf und nahm dann einen weiteren Schluck ihres Drinks. Die Vision war verschwunden und sie ging zurück zu den Karten auf dem Tisch. Sie hatte Tage damit verbracht, die bekannten Routen der *Floating Liberty* einzuzeichnen, genauso wie die Sichtungen, von denen sie bei ihrem letzten Landgang erfahren hatte. Tag und Nacht brütete sie über den Karten und versuchte herauszufinden, was wohl das nächste Ziel der Piraten sein würde.

Leider hing nicht nur die Bezahlung der Mannschaft von einer erfolgreichen Jagd ab. Aurelia musste sich unbedingt beweisen, zeigen, dass sie mindestens so gut war wie ihr Vater. Bei dem Gedanken machte sich ein Kopfschmerz wie eine Explosion zwischen Aurelias Schläfen breit. Wie um das Feuer zu löschen, nahm sie einen weiteren großen Schluck Whisky. Ihr Blick verschwamm und mit ihm die Karte vor ihr. Die Kapitänin rieb sich die Augen. Doch als es nicht besser wurde, beschloss sie, es erstmal gut sein zu lassen. Heute Nacht würden sie die Piraten eh nicht mehr finden.

***

Rolaf war der erste, der merkte, dass etwas nicht stimmte. Der alte Navigator hielt Wache an Deck, als die Temperatur mit einem Mal stark abfiel. Dies war mehr als eigenartig für diese Breitengrade. Als er sich dann eine Decke holen wollte, um bei der Wache nicht zu erfrieren, fing es auf einmal an zu schneien. *Das sollte ich lieber der Kapitänin erzählen.* Rolaf lief zur Kapitänskajüte. Innen brannte noch Licht. Aurelia hatte wohl wieder kaum geschlafen. Langsam machte sich der alte Navigator Sorgen um sie. Rolaf klopfte. „Was?!", kam es ihm gereizt aus dem Innern entgegen.

„Ich bin's Rolaf. Du solltest dir das hier ansehen, Captain!" Hinter der Tür erklang ein tiefes Seufzen. Dann folgte das Geräusch von Schritten und Aurelia öffnete die Tür. Erschrocken starrte sie Rolaf an, machte kehrt und nahm ihren Mantel vom Haken. „Was ist denn hier los?! Schnee in dieser Gegend? Seit wann?"

„Ich segle schon fast mein ganzes Leben in diesen Gewässern, Captain, aber nie zuvor gab es hier Schnee. Irgendetwas stimmt hier nicht! Und das macht mir Sorgen." Noch bevor Aurelia etwas antworten konnte, kam ein ruf vom Ausguck: „Land in Sicht!"

„Aber das ist doch völlig unmöglich!" Sofort drehte Aurelia sich um und ging zurück in die Kabine. Rolaf folgte ihr und sah wie sie sich über die Karten auf dem Tisch lehnte. „Hier gibt es keine Inseln!", rief die Kapitänin Rolaf entgegen, der ebenfalls zum Tisch ging.

„Vielleicht ist diese Insel einfach noch nicht entdeckt worden", gab Rolaf zaghaft zurück, obwohl er selbst nicht überzeugt war. Ihm wurde die ganze Sache langsam mulmig. Erst die Temperaturen, jetzt eine Insel, die nicht da sein dürfte. Als hätte sie seinen letzten Gedanken gelesen, antwortete Aurelia: „Du weißt genauso gut wie ich, dass es hier keine unentdeckten Inseln geben kann. Dies ist das meistbefahrene Meer der Welt! Hier kann sich keine ganze Insel verstecken!" Einen Moment hielt Aurelia inne, als ob ihre Worte sie an etwas erinnert hätten, dann fügte sie mit ruhigerer Stimme hinzu: „Wir werden an Land gehen."

Rolaf wusste nicht, was Aurelia vorhatte, aber da der viele Schnee die Sicht erschwerte und nun auch noch Nebel hinzukam, schien auch ihm das Ankern die klügste Idee. „Aye, aye, Captain!"

***

Wenig später hatte Kapitänin Aurelia eine kleine Crew zusammengestellt, die mit dem Beiboot an Land gerudert war. Aurelia hatte Rolaf und Lillith mitgenommen, die erfahrensten Seeleute ihrer Mannschaft. Außerdem die zweieiigen Zwillinge Olly und Mevis, deren muskelbepackte Gesellschaft jedem Respekt einflößte, der sie sah. Und zu guter Letzt war auch ihr bester Schütze Furio dabei. Schon beim Näherkommen war Aurelia aufgefallen, dass die Insel aussah, als wären sie irgendwo im hohen Norden, denn unweit des Ufers erstreckte sich ein dichter Nadelwald, der in der Ferne einen Berg hinaufzuklettern schien.

Dankenswerterweise hatte der Schneefall für den Moment aufgehört, dennoch lag das kalte Weiß recht tief auf der Insel. Die Crew hatte sich mit so vielen Lagen Kleidung ausgestattet wie sie hatten finden können und trotzdem kroch Aurelia die Kälte bald in die Glieder. „Keine Müdigkeit vorschützen! Am besten ist wir bleiben in Bewegung! Wer weiß, wer sich vielleicht auf dieser Insel versteckt!", rief sie in die Runde und versuchte dabei so viel Nachdruck und Entschlossenheit wie sie konnte in ihre Stimme zu legen.

Tatsächlich war sie sich aber nicht mehr so sicher.

Im ersten Moment hatte die Insel, die aus dem nirgendwo aufgetaucht war, für sie wie ein Zeichen gewirkt. Es hatte nicht sein können, dass die *Floating Liberty* ihr schon so lange durch die Lappen gegangen war. Wären die Piraten jedoch durch das gleiche Phänomen wie ihr Schiff hier gelandet... Aurelia hatte so gehofft, dass sie diesen Halunken ein für alle Mal das Handwerk würde legen können. Und doch musste sie sich eingestehen, dass es eher unwahrscheinlich war. Es war einfach zu kalt auf dieser Insel.

Bald erreichte der kleine Trupp den nahen Winterwald. Unter den Bäumen war der Schnee weniger und das Laufen fiel ihnen leichter. „Seht ihr das auch?" Furio deutete auf etwas zwischen den Bäumen, das Aurelia trotz Anstrengung nicht erkennen konnte. „Was meinst du? Meine Augen sind wohl nicht so gut wie deine, Furio." Der

Schütze antwortete: „Ich glaube da steht ein Haus. Und wenn ich das richtig deute, kommt da Rauch raus!"

***

Rolaf hatte es nicht glauben wollen, aber Furio hatte recht behalten. Als sie an der Stelle, auf die Schütze gedeutet hatte, aus dem Wald traten, fanden sie vor sich ein großes Fachwerkhaus, das mit allerlei Weihnachtlichem geschmückt war. Durch die von Schnee und Frost verkrusteten Fenster drang Licht heraus. Rolaf war angesichts dieser Erscheinung sprachlos. Er konnte spüren, dass es seinen Gefährten genauso ging wie ihm. Aurelia, die sich nach einem Überraschungsmoment offensichtlich auf ihre Stellung besann, sprach als erste: „Ich denke ich werde anklopfen. Das Haus wirkt nicht so, als wäre es besonders bewacht. Und zur Not kann Furio mir Rückendeckung geben."

Die Crew war immer noch wie erstarrt und gab

keine Antwort. Gespannt blickten sie Aurelia hinterher, wie sie sich mit zielstrebigen Schritten der Tür näherte. Rolaf hörte neben sich das Klicken von Furios Revolver. Der Schütze war bereit seine Kapitänin zu schützen. Aurelia klopfte und alle hielten den Atem an. Erst geschah einige Momente nichts.

Doch dann öffnete sich die Tür ganz vorsichtig. Im Eingang des Hauses stand ein alter Mann mit Rauschebart und einem samtenen blauen Mantel, der mit silbernen Fäden bestickt war. Beim Anblick der verdutzten Crew musste er lachen: „Da seid ihr ja! Kommt rein und wärmt euch. Ich habe etwas Glühwein gemacht und Lebkuchen gebacken." Hörbar erleichtert atmete Rolaf aus und auch in den Rest des Trupps kam wieder Bewegung. Nur Aurelia wirkte etwas steif, als der Nikolaus sie in das Haus schob. Denn daran, dass es sich bei dem Mann um den Nikolaus handelte, bestand für Rolaf gar kein Zweifel.

***

Im Innern des Hauses war eine lange Tafel gedeckt und ein Feuer brannte im Kamin. Der Mann mit dem Bart hatte Aurelias Crew eingeladen sich zu setzen und etwas zu essen. „Und nachher nehmt ihr für den Rest eurer Leute noch etwas mit, ja? Ich habe mehr als genug und es gibt ja etwas zu feiern zu dieser Jahreszeit! Und da soll ja keiner benachteiligt werden." Aurelia sah wie Rolaf und Furio sich die Hände am Herdfeuer wärmten und Lillith und die Zwillinge ihre Mäntel ablegten und sich mit gierigen Blicken an die Tafel setzten.

Vorsichtig legte auch Aurelia ihren Mantel ab. Sie traute diesem jovialen, alten Mann nicht. Was wollte er von ihnen?

„Wir können nicht lange bleiben", sagte sie mit einem strengen Blick auf ihre Leute. Ihre Stimme klang schroffer als sie dies beabsichtigt hatte und sie sah wie Olly und Mevis unter ihrem scharfen

Ton zusammenzuckten. „Na, na", sagte der Alte beschwichtigend, „bei dem Wetter könnt ihr eh nicht da draußen rumschippern. Es spricht also nichts gegen ein kleines Festessen."

„Aber der Rest der Crew…", setzte sie an. Doch der alte Mann hob die Hand und zu ihrer Überraschung sprach sie nicht weiter. „Ich werde ihnen Bescheid geben lassen. Vielleicht kann der eine oder andere von ihnen ja auch noch herüberkommen." Wut brannte in Aurelia auf, doch bevor sie etwas erwidern konnte, verschwand der alte Mann in einem Nebenraum und sprach mit jemandem. Dann hörte sie eine Tür irgendwo auf der anderen Seite des Hauses. „So", sagte der Alte und setzte sich selbst an die Spitze der langen Tafel. Tatsächlich würde hier ein Großteil ihrer Mannschaft Platz finden. Das Haus wirkte von innen wesentlich größer als von außen.

Alle anderen hatten inzwischen an der Tafel Platz genommen. Nur Aurelia stand immer noch widerstrebend neben der Garderobe, an die sie nun auch ihren Mantel gehängt hatte. Der Alte deutete auf einen Platz neben ihr, alle Augen waren auf sie gerichtet. Keiner hatte es gewagt das Essen anzufassen, solange sie nicht das Okay gab, das spürte Aurelia und es erfüllte sie mit Stolz, dass sie ihre Truppe so im Griff hatte. Ihre Wut verflog. Langsam bewegte sie sich auf den Tisch zu und setzte sich auf den Platz neben dem alten Mann. „Dann lasst uns essen", sprach dieser und als sich die anderen nicht sofort rührten und immer noch Aurelia anstarrten, nickte sie ihnen zu. Sofort brach lautes Geklapper am Tisch aus, als sich jeder von den Speisen nahm. Es gab Kroketten und Kartoffelpüree, Yorkshire Pudding und Spätzle. Dazu wurden Ente und Gans gereicht, Erbsen und Möhren, Pilze und Rotkohl und die verschiedensten, fantastisch duftenden Soßen. Aurelia hatte lange keine so reichgedeckte Tafel gesehen und musste sich eingestehen, dass auch ihr beim Anblick dieses Festmahls das Wasser im

Munde zusammenlief.

Zögerlich fing sie an, sich von den Speisen aufzutun. Als sie zu ihrem Gastgeber schaute, lächelte dieser ihr zu. Sofort legte Aurelia das Servierbesteck zur Seite. Der Mann sollte nicht glauben, dass sie sich so leicht einlullen ließe. Und trotzdem nahm sie mehrere Bissen des Essens, sobald er wieder wegschaute. Man wusste ja nie, wann es die nächste warme Mahlzeit geben würde. Außerdem würde sie ihre Kräfte sicher noch brauchen. Wer wusste, wie lange sie auf dieser Insel festsäßen.

Kaum hatte die kleine Truppe ihr Festmahl beendet, kam ein zweiter Tross von Aurelias Mannschaft. Beim Anblick der festlichen Tafel freuten diese sich ausgelassen, setzten sich und aßen und tranken auf Geheiß des Gastgebers so viel sie wollten. Aurelias kleiner Spähtrupp hatte Platz gemacht und stand nun mit Glühwein und heißem Met in der Nähe des Kamins. Jetzt, wo

Aurelia so in die Runde schaute, fiel ihr auf, dass alle hier waren. Erneut rührte sich die Wut in ihr. Wie konnte ihre Crew das Schiff nur unbewacht lassen?

Gerade wollte sie zu einer ihrer Tiraden ansetzen, als sie jemand an der Schulter packte und von der Gruppe wegdrehte. „Ich glaube, wir beide sollten uns unterhalten", sagte der alte Mann. Seine Stimme klang mit einem Mal ernst. War da ein drohender Unterton? Aurelia wollte ihre Wut auf ihren Gastgeber entladen, aber sie konnte nicht. Es war als würden ihr die Worte im Hals stecken bleiben. Was war das? Etwa Magie? Panik stieg in ihr auf. Sie wollte Rolaf um Hilfe rufen, aber auch der Hilfeschrei verließ ihre Stimmbänder nicht.

Mit erstaunlich festem Griff schob der alte Mann Aurelia in ein Arbeitszimmer. Der Schreibtisch in der Mitte des Raumes erinnerte sie an den in ihrer eigenen Kajüte. Für einen Moment konnte sie das verächtliche Lachen ihres Vaters in ihren Ohren hören. Aber wenigstens musste sie ihn hier nicht sehen. Der alte Mann deutete auf einen Stuhl und setzte sich selbst auf die andere Seite des Schreibtisches. Das Lachen ihres Vaters hatte alle Panik vertrieben. Aurelia war wieder ganz Herrin ihrer Gefühle. Diese Blöße wollte sie sich nicht geben. Niemand würde je wieder so über sie lachen.

Nachdem sie sich beide gesetzt hatten, schaute der alte Mann Aurelia lange an, ohne ein Wort zu sagen. Auch Aurelia versuchte nicht das Schweigen zu brechen. Wahrscheinlich hätte sie eh nichts sagen können, selbst wenn sie gewollt hätte.

Dann, mit einem tiefen Seufzen, begann der Alte zu sprechen: „Meine liebe Aurelia." Als er das so sagte, klang er so als spräche er mit einem jungen Mädchen. Gleichzeitig schwang so etwas wie Enttäuschung mit. „Eigentlich bist du eine der Guten. Ich weiß genau, wie wichtig es dir ist, die kleinen Küstenstädte und Schiffe vor den Piraten zu retten. Aber ich weiß auch, wie sehr du versuchst, deinem Vater nachzueifern." Aurelia wollte widersprechen. Nie hatte sie wie ihr Vater sein wollen. Sie wollte es ihm zeigen, sie wollte es allen zeigen. Aber sie wollte nie so sein wie er. Die Worte schafften es nicht aus ihrem Kopf heraus und doch schien der alte Mann sie gehört zu haben: „Ja, du willst nicht sein wie er. Vermutlich weiß keiner besser als du, wie grausam er sein konnte, wie verbittert und hart. Seine Crew hat ihn gefürchtet. *Du* hast ihn gefürchtet. Ohne den alten Rolaf hättest du nie erfahren, was es heißt, dass jemand sich um dich sorgt."

Bei diesen Worten hatte Aurelia einen Kloß im Hals. Woher wusste der Alte das alles? Der Mann sprach weiter: „Das Problem ist, dass du dich nicht von deinem Vater löst. Er ist nicht mehr da und du musst ihm nichts beweisen. Du musst nicht werden wie er. Du bist eine gute Kapitänin, ohne dass du so hart und unbarmherzig sein musst wie er. Deine Crew würde für dich durchs Feuer gehen. Wenn du sie gut behandelst. Du hast die Wahl, Aurelia. Wenn du so weitermachst, wirst du keinen Deut besser sein als er. Bedenke das!" Er sah sie eindringlich an, so als warte er auf eine Antwort, aber diesmal versuchte Aurelia nicht einmal etwas zu sagen.

***

Als sie sich von St. Nick verabschiedet hatten, hatte Rolaf gesehen, wie der alte Mann Aurelia etwas zuflüsterte. Rolaf wusste nicht, was die beide in dem Zimmer besprochen hatten, aber Aurelia wirkte seitdem sehr nachdenklich. Zum Abschied hatte St. Nick gerufen, dass sich das mit den Piraten bald erübrigt hätte. Auch das hatte Aurelia einfach hingenommen und nichts erwidert außer ein Nicken. Jetzt, wo sie endlich wieder auf dem Schiff waren und langsam damit begannen die Insel zu umrunden, so wie es ihnen St. Nick geraten hatte, trat der alte Navigator neben seine Kapitänin, die auf das Wasser hinausblickte.

Rolaf blickte auf das Profil ihres Gesichts und fragte vorsichtig: „Alles okay, Captain?" Aurelia wandte ihm langsam das Gesicht zu. Ihr Blick wirkte so, als ob sie in Gedanken ganz weit weg gewesen und jetzt erst wieder hierher zurückgekommen war. Dann schien sie den besorgten Blick ihres Navigators wahrzunehmen und lächelte. Dieses Lächeln hatte Rolaf lange nicht gesehen und es machte sie gleich wieder viel jünger.

„Du musst dir doch um mich keine Sorgen machen", sagte sie. Kurz standen die beiden verlegen schweigend nebeneinander über die Reling gebeugt und schauten dem verschneiten Wald zu wie er an ihrem Schiff vorbeizog. „Was habt ihr denn besprochen, du und der Nikolaus?", fragte Rolaf irgendwann. Er wollte nicht neugierig sein, aber irgendwas musste ja passiert sein.

„Nikolaus?! Naja, vermutlich hast du recht. Wer sonst würde irgendwo auf einer Insel im nirgendwo hausen und das ganze Jahr Weihnachten feiern?", sie lächelte erneut. „Tatsächlich wollte er nicht viel. Er hat mich nur daran erinnert, dass ich nicht wie mein alter Herr sein wollte." Aurelia lachte bitter. Rolaf hatte das Gefühl, dass sie noch etwas sagen wollte, also wartete er ab. In ihren Zügen sah er es arbeiten, dann seufzte sie tief: „Es tut mir leid, Rolaf. Du bist der Einzige, der sich je um mich gescherrt hat. Und ich habe dich behandelt wie... wie... ja wie er halt!" Rolaf merkte, dass sie ihm nicht in die Augen schauen konnte. Er musste grinsen. „Naja, du hast es früh genug gemerkt, Captain. Und das ist besser als nie." Er legte ihr die Hand auf die Schulter. Nun drehte Aurelia sich doch zu ihm um und lächelte ihn etwas verschämt an.

Auf dem Deck wurden auf einmal Rufe laut. „Schiff voraus!" Rolaf und Aurelia begaben sich an die Spitze des Schiffes. Leider waren Rolafs Augen mit dem Alter nicht mehr ganz so gut, aber ein Blick auf Aurelias bleiches Gesicht bestätigte seine Vermutung.

***

„Das ist doch... Das sind die Piraten! Alle Mann an Deck. Macht euch gefechtsbereit", Aurelia wirbelte herum und ging zu ihrer Kajüte um ihr Fernglas und ihren Säbel zu holen. Dann brachte sie sich in Position um auf das andere Schiff zu schauen. Auf den ersten Blick war keine Bewegung erkennbar. „Furio, was siehst du?", rief sie zum Ausguck rauf, auf dem sich ihr Scharfschütze platziert hatte. „Keine Bewegung. Das Schiff sieht wie leergefegt aus!" „Bleibt trotzdem bereit zum Sturm!" Sehr langsam glitt ihr Schiff näher. Doch weiterhin blieb alles ruhig. Keine Bewegung, keine Laute, nichts. Irgendwann rief Furio vom Ausguck herunter: „Ich sehe Menschen. Aber sie bewegen sich nicht. Sind die etwa eingefroren?!"

Und tatsächlich: Als ihr eigenes parallel zum Schiff der Piraten kam, standen dort Menschen, die sich nicht bewegten. Manche von ihnen waren, so wie es aussah, mitten in der Bewegung eingefroren. Rolaf trat erneut neben Aurelia: „Das war es wohl, was St. Nick gemeint hatte." „Ja", sagte Aurelia. „Es scheint, als habe er sich bereits um sie gekümmert." Bei dem Gedanken fröstelte es Aurelia. Der Nikolaus hatte wohl die „bösen Kinder" bestraft und die „guten Kinder" durften wieder fort. Was wohl passiert wäre, wenn sie sich nicht entschlossen hätte, dem Weg ihres Vaters endlich den Rücken zukehren? Aurelia schüttelte ihren Kopf, um den Gedanken zu verscheuchen. Wichtig war, dass sie die richtige Entscheidung getroffen hatte. Sie drehte sich zu ihrer Mannschaft um und verkündete mit einem Lächeln auf den Lippen: „Frohe Weihnachten, Leute! Uns wurde ein Geschenk gemacht." Dann wies sie die

Zwillinge an mit ihr zu kommen um die Piratenflagge zu holen. „Und dann lasst uns endlich weg von hier!"

Sturm und Wünsche

von Christine Kulgart

War die längste Nacht des Jahres erst einmal vorbei, begann eine ganz besondere Zeit auf Burg Klingenstein.

Die Luft duftete nach Tannenzweigen, Zimt und Orangen, die Feuer prasselten in den Kaminen und die sonst oft so verlassenen Zimmer wurden hergerichtet, um während der Festtage Gäste zu empfangen. Mutter wies die Dienerinnen an, ihr beim Dekorieren zu helfen und so wurden Mistelzweige, Holzengel, noch mehr Tannenäste und bunte Glasfiguren, die sie von ihrem Gatten, dem Burgherrn, geschenkt bekommen hatte, vom Dachboden geholt und in den Zimmern der Burg verteilt. Die Pferde in den Ställen und die Hühner im Hof bekamen eine Extraportion Futter und auch zu den Bettlern, die an die Burgtore klopften, war man großzügiger – fast so, als wolle man sich mit dem Christkind und all den anderen Mächten dieser Zeit gut stellen.

Frederik beobachtete all dies, ohne sich daran zu beteiligen. Der erste Schnee war früh gefallen und mit ihm kam diese Aufregung, die ihn jedes Jahr aufs Neue heimsuchte. Es begann am Tag der Wintersonnenwende, wenn im Burghof ein großes Feuer loderte. Dann konnte er es wieder hören – das Klirren und Rasseln, die Hufe dutzender Pferde und das Lachen von Männern. Es waren die gleichen Geräusche, die er auch manchmal in Vollmondnächten wahrnahm. Früher, als er noch ein Kind gewesen war, hatte er sich vor den unheimlichen Klängen gefürchtet; hatte geweint bis seine Mutter sich an sein Bett setzte und ihn beruhigte.

Erst mit dem Alter – war er doch bereits stolze sechzehn und längst kein Kind mehr – verwandelte sich die Angst in Faszination und schließlich in ein Sehnen, das er nicht mehr aus den Knochen bekam. Die nervöse Vorahnung wurde zur freudigen Erwartung, wenn der Mond voll am Himmel stand und wenn sich die Rauhnächte im Winter ankündigten.

Im ganzen Blautal wusste man, dass die Wilde Jagd in diesen Nächten die Burg Klingenstein heimsuchte.

Mutter wies die Dienerinnen an, in den zwölf rauen Nächten keine Wäsche aufzuhängen, da sich die Wilde Jagd darin verfangen könnte. Man schloss mit Einbruch der Dunkelheit alle Tore ab und entzündete die Fackeln im Hof, sodass die bösen Geister nicht innehielten. Sie suchten die Seelen der Toten und man wollte sicherstellen, dass hier noch das Leben blühte.

Und doch lag Frederik im Bett und lauschte auf das Klappern der Hufen, die Rufe und das Gelächter, das Klirren von Ketten und Waffen und das Grollen des Donners, den die Wilde Jagd stets im Gepäck hatte. Hunde – weiß wie Knochen – jaulten und knurrten, während sie zwischen den Beinen der Pferde umherjagten.

Es war nun drei Jahre her, seit er sich während des Lärms aus dem Bett geschlichen und aus dem Fenster geschaut hat. Halb hinter den schweren Samtvorhängen versteckt hatte er das Heer gesehen, das durch den Himmel jagte. Es waren Männer mit wildem Haar und brennenden Augen. Manche hatten Schwerter an den Gürteln, andere Köcher und Bogen auf dem Rücken. Ein jeder ritt auf einem mächtigen Ross, manche so schwarz, dass sie im Nachthimmel verschwanden und andere heller als das Mondlicht. Stets dauerte der

Spuk nur wenige Momente, bis die Wilde Jagd weiterzog.

Stets wünschte Frederik, dass sie ihn mit sich nehmen würden.

Die Wilde Jagd nimmt nur Männer auf – Männer, und die Toten. Was machst du dir also Sorgen, du dummes Ding? hatte Mutter ihn vor vielen Jahren gefragt, als sie seine Haare flocht. *Frederike möchte doch so gerne ein Junge sein,* hatte Georg, sein Bruder, gelacht. Zumindest hatte er gelacht, bis Frederik sich losriss und den älteren Jungen mit beiden Fäusten angriff; jeder Schlag mit Leichtigkeit abgewehrt. *Ich bin ein Junge. Ich. Bin. Ein. Junge.*

Frederik dachte nicht gerne an solche Momente zurück. Die Sehnsucht nach der Wilden Jagd wuchs und wuchs, egal wie viele unheimliche Geschichten Mutter im Licht des Kaminfeuers erzählte und egal wie oft Georg ihn hänselte.

Wenn die Feiertage näher rückten, fühlte sich Frederik noch unwohler in seiner eigenen Haut als er es bereits an jedem anderen Tag tat. Er wusste , dass Mutter ihn wieder in die engen Kleider zwingen würde, dass die Mägde ihm das Korsett viel zu eng schnüren würden und dass Mutter ihm unter Georgs hämischen Blicken in die Wangen kneifen würde. *Tot schaust du aus, als ob die Jagd dich gleich mitnimmt.* Er konnte Georgs Stimme gleich wieder in seinem Kopf hallen hören. *Da würde sie sich aber freuen.*

Sie verstanden nicht, dass Frederike eigentlich Frederik war. Frederik, der so gerne mit Georg im Burghof den Schwertkampf üben würde und so gerne an der Hasenjagd teilnähme. Frederik, dem statt schweren Röcken und Korsetts Hemden und

Hosen so viel besser ständen. Frederik, der sein langes Haar gerne abschneiden würde und sich stattdessen damit begnügte, es zumindest im Winter unter Hauben, Hüten und Kappen zu verstecken.

Mit Vaters großem Schlapphut, den er Frederik als Kind hatte tragen lassen, hatte er sich immer wie ein richtiger Junge gefühlt. Doch seit er kein kleines Kind mehr war, konnte nur noch Georg Vaters Aufmerksamkeit erhaschen. Georg, der Erbe. Georg, der älteste Sohn, der stets alles richtig machte. Und dann war da Frederik – *Frederike* – nur gut, um zu heiraten. Das letzte Mal hatte Vater ihn angelächelt, als Mutter ihn zwang, mit ihr und den Mägden am Feuer zu sticken. Ungeschickt, wie er mit Nadel und Garn war, hatte er sich in den Finger gestochen und über den Leinenstoff im Stickrahmen geblutet.

Oft fühlte sich Frederik, als sei er gar nicht da –
nur ein Geist, der die Burg heimsuchte. Und wenn
man ihn schon nicht vermisste, könnte sich
zumindest sein Traum erfüllen. Sein Traum, an
den er dachte, wann immer er eine Sternschnuppe
sah oder eine Kerze ausbließ. Mit jedem
Pusteblumensamen und mit jeder Wimper bettelte
er, dass sein Wunsch in Erfüllung gehen würde:
Wenn er schon keinen anderen Körper bekam, so
wollte er doch wenigstens einmal mit der Wilden
Jagd reiten – und das, ohne vorher sterben zu
müssen.

Es war die Nacht nach dem zweiten
Weihnachtsfeiertag, als Frederik vom Grollen des
Donners erwachte. Kerzengerade saß er im Bett,
das lange Haar zerzaust. Er war früh schlafen
gegangen, denn die Onkel, Tanten und Cousinen
aus der Umgebung waren von morgens früh bis
abends spät in der Burg zugegen gewesen.

Frederik wusste nicht, wie viele Wangenkniffe, Komplimente und prüfende Blicke er über sich hatte ergehen lassen müssen, ehe es endlich Zeit war, zu Bett zu gehen. Doch nun war er hellwach und krabbelte aus dem Bett. Seine nackten Füße berührten den kalten Steinboden, als er zum Fenster huschte.

Er presste das Gesicht an die Fensterscheibe, fasziniert von dem Schauspiel im Hof. Das Feuer der Fackeln warf die Schatten der Reiter an die Wand und ließ es so scheinen, als seien es doppelt so viele Männer auf Pferden. Frederik konnte sehen, dass manch Reiter Ketten hinter sich herschleifte. Die Kleidung der Reiter wirkte abgegriffen; Leder, das vor Abnutzung glänzte und an manchen Stellen brach, Umhänge, die am Saum in Fetzen hingen. Er hatte erwartet, dass die Reiter der Jagd alt waren – alt und ergraut. Doch dem war nicht so. Der Anführer – ein hochgewachsener Mann mit einem Helm, dem ein Geweih entsprang – war wohl gehobenen Alters, und so manch Jäger ebenfalls. Doch dazwischen bemerkte Frederik junge Gesichter. Gesichter ohne Falten, ohne jegliche Spuren des Alters. Ein solches Gesicht wandte sich ihm zu, und beinahe stolperte er zurück. Trotz Entfernung und trotz der Dunkelheit, die die Burg umgab, bohrte sich der Blick eines einzigen Auges direkt in seine Seele – ein einziges, tiefblaues Auge. Erst Momente später bemerkte er, dass der Reiter eine Augenklappe trug, die mit seinen langen, dunklen Haaren verschwamm. Frederik senkte den Blick, der an dem schiefen Lächeln des Jägers hingen blieb.

Es konnte nicht sein. Hätte man ihn bemerkt, hätte der Reiter sicher Alarm geschlagen. An seinem Sattel hing ein Jagdhorn und Frederik kannte den Klang des Horns, der die Ankunft der Wilden Jagd ankündigte. Schnell duckte sich Frederik und huschte zurück ins Bett.

Doch auch am nächsten Tag verharrte die Wilde Jagd für eine Weile im Burghof, während das Lachen und Lärmen von den Burgmauern hallte. Wieder sah Frederik ihnen sehnsüchtig zu – wieder richtete sich der Blick des jungen Reiters auf ihn und trieb ihn zurück unter die Daunen seines Bettes. Frederik war sich sicher, dass er sich all das nur eingebildet hatte. Es war unmöglich, die Wilde Jagd zu beobachten und bemerkt zu werden, ohne die Konsequenzen zu erleiden.

In der dritten Nacht klopfte es an Frederiks Scheibe. Es war nicht das Donnergrollen oder Kettenrasseln, das ihn weckte. Nein, es war ein deutliches Klopfen. Langsam richtete er sich auf und rieb sich den Schlaf aus den Augen. Im Hof loderten keine Flammen und niemand lachte. Dennoch klopfte es erneut, und er erhob sich. Verschlafen lief er zum Fenster und öffnete dieses.

Kalte Nachtluft ließ ihn schaudern. Niemand schien dort zu sein – zumindest nicht, bis Frederik sich aus dem Fenster lehnte. Dort, unter dem Sims, schwebte ein schwarzes Pferd in der Luft. Vom abgegriffenen Sattel hingen ein Horn, einige Vogelschädel an einem Seil und kleine Ledertaschen. Auf dem Rücken des Rosses saß der Reiter mit der Augenklappe. Federn hingen in seinem dunklen Haar und sein Mantel war an vielen Stellen notdürftig geflickt. Frederik erstarrte und blickte den Reiter wortlos an, bis dieser verschmitzt lächelte.

„Unser Führer, der Berchtold, hat deine Wünsche gehört." In der Ferne grollte der Donner, und fast war es Frederik, als könne er die Gestalt des Anführers mit seinem gehörnten Helm und dem weißen Schimmel in den dunklen Wolken sehen. „Meine Wünsche?"

„Nun, den einen können wir dir nicht erfüllen. Den anderen schon. Du wolltest mit der Jagd reiten?" Der junge Reiter streckte eine bleiche Hand aus. Frederiks Herz raste in seiner Brust. Es musste ein Traum sein. „Aber die Jagd lässt nur..."

„... die Toten und Männer mit sich reiten. Bist du denn keiner?" Der junge Mann hob eine dunkle Braue. Er störte sich nicht an Frederiks Gestalt; am Nachthemd, dass wenig verbarg und an dem langen, geflochtenen Haar.

„Wir sehen nicht nur, was vor uns liegt." Die freie Hand des Reiters legte sich auf seine Brust. „Frederik, nicht wahr? Willst du nun mit der Jagd reiten?"

„Bringst du mich denn zurück?"

„Wenn du es willst."

Für einen Moment zögerte Frederik noch, ehe er nickte. Vorsichtig kletterte er auf den Fenstersims und ergriff die Hand des jungen Reiters. Entgegen seiner Erwartungen war sie warm, die Handflächen rau vom Halten der Zügel und vom Spannen des Bogens. Mit Leichtigkeit zog er Frederik zu sich auf den Rücken des Pferdes, wo der Junge sich sofort an den Reiter klammerte. Er wagte es nicht, hinab zu sehen. Schneeflocken tanzten sanft wie Staub vom Himmel und verfingen sich im schwarzen Haar des Reiters und im Schweif des Rosses.

„Bereit?"

„Bereit."

Das Pferd wieherte und in der Ferne rollte der Donner. Frederik öffnete langsam die Augen und sah, wie sich weitere Reiter der Jagd um sie scharrten – angeführt vom Berchtold auf seinem Schimmel, umgeben von seinen knochenweißen Hunden. Wie Glocken am Schlitten des Nikolauses klirrten die Ketten und Schellen, und das Heulen des Windes klang wie ein Wolfsrudel, das in der Dunkelheit mit ihnen ritt. All die Sorgen und Ängste, all das Unwohlsein fielen von Frederik ab und er wagte es sogar, sich aufrechter hinzusetzen – beide Arme immer noch um den einäugigen Reiter geschlungen. Dieser legte den Kopf in den Nacken und lachte – ein Geräusch wie Scherben, die aus größer Höhe hinabregneten. Und Frederik konnte nicht anders als ebenfalls zu lachen; ein Jauchzen voll Freiheit und Freude brach über seine Lippen.

„Willst du immer noch zurück?", fragte der Reiter, ohne sich umzudrehen. Die Burg war längst ein kleiner Fleck am Boden geworden, während die Hufe der Pferde durch die Wolken schnitten. Frederik wusste, dass er nicht antworten musste – er hatte ja doch keine Wahl.

„Morgen Nacht wirst du auf deinem eigenen Pferd reiten." Die Stimme des Anführers war tief und ruhig, wie die Nacht und der Sturm selbst. Frederik nickte. „Und werden sie mich sehen können?"

„Nein. Aber in den Rauhnächten siehst du sie, wie sie in ihren Betten schlafen und von dir träumen."

Frederik nickte mit einem kleinen Lächeln. Im Wind der Jagd trockneten die Tränen schnell. Jeder Wunsch hatte einen Preis – und mancher kostete das Leben.

Am Morgen des 28. Dezembers fand man Frederike von Klingenstein im Burghof – erstarrt vom Nachtfrost, zusammengekrümmt mit gebrochenem Hals unter ihrem Fenster. In den Händen hielt sie eine Eichel umklammert – auf ihren Lippen war ein Lächeln gefroren.

Über die Autorinnen

Lisa Smolinski

„Adventswunder"

Lisa Smolinski, Jahrgang 1990, geboren und groß geworden in der Stadt Dresden, danach Umzug auf ein kleines Dorf, schreibt, seitdem sie Schreiben gelernt hat. Die Erfahrungen aus Studium und Arbeit als Pädagogin und Psychologin, sowie Mama eines autistischen Kindes fließen in ihre Geschichten ein, oder führen direkt zu autobiografischen Erzählungen. Nähere Infos finden sich unter www.lisa-smolinski.de und bei Instagram @lisa.smolinski.

Elise Marai

„Winterkinder"

Elise wurde im Jahr 2000 in Hamburg geboren und ist dort auch aufgewachsen. Mit dem Schreiben hat sie im Alter von sieben Jahren begonnen und seitdem ist ihre Leidenschaft für das geschriebene Wort nur größer geworden. Aktuell studiert sie Infektionsbiologie in Schleswig-Holstein und nutzt jede Möglichkeit, die sich ihr in der Freizeit zum Lesen oder Schreiben bietet. Sie ist Mitbegründerin des

Autor:innenkollektivs Schreibfeder und auf Instagram unter @elise.marai.writes. zu finden.

Nina Grevener

„Ein guter Captain"

Nina Grevener, geboren 1991, studierte an der Ruprecht-Karls-Universität Heidelberg Englische Literaturwissenschaften, Japanologie und Germanistik im Kulturvergleich. Nach ihrem Masterabschluss ließ sie sich zur Buchhändlerin ausbilden und arbeitet seit 2024 als Bibliothekarin. Neben ihrem Job promoviert die gebürtige Sauerländerin im Fach Englische Literaturwissenschaften an ihrer Alma Mater. Bei story.one erschienen: „Der leise Gesang der Dinge", „Zugvogel", „Tagebuchträumerin" und „Der Mann im Dom". „Zugvogel" schaffte es bei den Story.one Book Awards 2023 in der Kategorie „Echtes Leben" auf die Longlist. „Der Mann im Dom" hat es bei den Thalia Storyteller Awards sogar unter die besten zehn in der Kategorie „local stories: Köln" geschafft.

Christine Kulgart

„Sturm und Wünsche"

Christine Kulgart wurde 1993 geboren und schreibt bereits Geschichten, seit sie das Alphabet in der Schule gelernt hat. Im Rahmen des Young Storyteller Awards 2023 hat sie ihren Debütroman Rauschberg veröffentlicht. Sie lebt und schreibt in Ulm – alleine und mit dem Autor:innenkollektiv Schreibfeder. Ihre bisherigen Werke sind alle im Genre der historischen Fiktion erschienen. Wenn sie sich nicht dem Schriftsteller-Leben widmet, arbeitet sie als Redakteurin im Marketing und als freiberufliche Redakteurin für verschiedene Fachmagazine. Auf Instagram hält sie ihre Leser:innen unter @tinekulgartschreibt auf dem Laufenden.

Bereits erschienen:

„Wenn Tannen duften" ist eine Anthologie voller weihnachtlicher Momente für Jung und Alt. Zwischen Engeln, Weihnachtswichteln, sprechenden Pinguinen und Sternen kommen immer wieder die überaus menschlichen Momente der Vorweihnachtszeit hervor.

ISBN 978-3-384-06711-1
15,99 €

„Mosaik der Liebe" zelebriert Liebe in allen Formen und Farben: romantisch, platonisch, familiär, die Liebe zum Haustier und die Liebe zum Sternenkind. Mal amüsant, mal traurig, mal ganz klassisch und auch mal toxisch. Die Autor:innen gestalten zusammen ein wahres Mosaik an verschiedenen Geschichten.

ISBN 978-3-384-15900-7
15,99 €

Das Schreibfeder Kollektiv lädt ein, das Haus der verlorenen Seelen zu betreten. Hier triffst du in verschiedenen Räumen auf Seelen, die sich nach Angst sehnen. Auf nie endende Träume. Auf Seelen, gefangen hinter den Tapeten und Fenstern. Folge den dunklen Korridoren und wandere immer weiter abwärts bis zu den stillen Wasser.

ISBN 978-3-384-37130-0
10,99 €

Zeitfracht Medien GmbH
Ferdinand-Jühlke-Straße 7
99095 Erfurt, Deutschland
produktsicherheit@kolibri360.de